野あざみの栞

森文子

思潮社

野あざみの栞

森 文子

目次

組版・装幀＝思潮社装幀室

野あざみの栞

森 文子

葱坊主

小みどりの手を　のばし
大空を　おしあげるようにして
すうっと　トウが立つ
その先っぽに　ちょこんと　葱坊主

あなたも　ただ見てないで
だまされたつもりで　顔あげてごらん
気持ち　ふわっと　うわむくから

そんなふうに言われても　わたし

わきあがる　いいようのない不安
ぎゅっと丸めて　坊主頭におしこむ　と
とがって硬い　くろい種
はらはらと　こぼれた

いつの間に　土になじんで　こぼれ種
芽がでた　芽がでた　やさしい芽よ
まだまだ　かぼそいのに
生気にみち　若葱の顔　ぐうっともたげた

とどまることのない命のめぐりが　そこに

しじみちょう　しみじみ
安心しきってその上に翅　やすめている

大根を　手幅に

いっぱいにひろげた　手指の幅で
畝のはしからはし
青首大根の種を　おいていく

しらぬまに　手幅加減が
作物の株間をさだめる
祖母ゆずりの　ものさしとなった

浅黒く節くれだち　内にまがった関節の

かすかな　こわばりさすりながら
その分　ゆるめて　ゆるめて

今までよりも　ゆっくりと　手幅とる
　ひと巾だったものは　ふた巾に
　　ふた巾だったものは　よつ巾に

すると　どうだろう
ほっと息づかいやわらぐ株間に
うっすらうごめくものが　見え隠れする

乾いた白い土に　ちいさな虫たちの亡き骸
日の目をみられなかった　種のあれこれ
おもかげさえも　いまはおぼろな妹も

指間をすりぬけた　もう　あちら岸
ひっそり　手幅加減をととのえている
祖母の　横顔が見えた

そらまめ

冬がくる前に　土にうずめて
たっぷり　寒さを　吸わせないと

春になっても
一人前に　花も　実も　つけないのです

はじめて　そらまめを　そだてた春の
であいの仄か　うすむらさき色の　恥じらい

みしらぬお方が　ふと揺らぐような　におい　に
ただ酔った　その花の　一途

莢からむいた豆に　ちょんと　くっついて
へその緒が　ありました

びっくりです
にんげんと　なにもかも　こんなに同じとは

たった今　豆からはなれ　みずから落ちた
へその緒を　こうして　掌に受けたばかりです

人の手で　切られて　やっと
光をあびて　はじまりの身の　とまどい

珠柄《しゅへい》　と　呼ぶ
そらまめの緒は　堂々と　あわいきみどり

ほうれん草

みどり色が透けるうちは　まだまだ
しっとり　色濃くなれば
たっぷりの旬を　いただける　そのうち
冬を脱いだ　ゆるい体には
ほうれん草が　いちばん

小雪舞うまえに
　深めの　すませておいた　種まき

おどろいた　あっ　という間のさまがわり
ほうれん草の畝から　種取り畝へ

つう　と　トウがたち　もう食べ物でなく
つぼみ　つぼみ　ひろがる
その色目の　なんとやわらかな

景色は　やすまないものだったんだ
水が　空気が
ひとときも　流れをとめないように

たましいって
ぐるぐる　まわり続けるのだろうか
どこかの野末に　たどり着くのだろうか

いずれ　向こう岸へ　わたり終えたら
空から　ぜひ　見下ろしてみたい

野あざみ

はたけへ　田んぼへ
祖母に　くっついてまわる　お約束
まだ　学校にあがるまえなの
小ぶりのお地蔵さまが　立っておられて
山へつづく　野道のわきに

お花と　つめたい湧き水を　おあげし
野良仕事の　いきかえり
しずかに手をあわせる　おばあちゃん

草むらの　野あざみを　刈りとって
いきなりお供えしたときは　おどろいた
いつもの祖母　で　なかった

あと九日で　終戦になるんやった
あつい　あつい　ボルネオで
たつみ*はのぅ　のうなってしもうて

だいじょうぶ　残り六人も息子がいるよ
とげとげお花は　やめてぇ

おさなすぎた孫むすめ
そんなふうにしか　描けずに

消せないざらつき　抱えながら　今日も
のびた茎　ぎざぎざの葉に　気高くも
赤紫色した祖母が　いまも咲いていますよ
たつみお地蔵さんのまわり

＊たつみ（立身）は、祖母の三男の名前。

ぴーまん

はたけのまん中に　ま四角の穴をほり
豆がら　小松菜の根っこ　むしった草々
なんでもかんでも　ぽんぽん
ほうり込んだ　はたけ生まれのごみ
ひと冬こえたら　ふっくら　土ですよ

そこに　どうしても植えてみたかった
京みどりという　美しい名の
ぴーまんの苗　三本

虫食いなす　かぼちゃの茎　ねぎのしっぽ
つゆくさ　にんじん葉
埋められた　すべてのいのちの　生まれかわり
ぴーまん　ぷっくりとふくらむ
京みどりの山が　いとおしい

祖父であり　ずっとまえの祖母であり
母でもあり　父もまた　ぜんぶ孕んで
わたしも　いま　ひとつのぴーまん

さあ　また次へ生まれかわっていく
永遠というむこう　いのちの　森の奥
ぴーまん

ネギの色

だれもが　あたふたと
ただならぬ　大雪
のしかかる　ネギの畝にも
雪のしたの時計　さっと止む

晒されすぎたか　凍えた重たさに
あらわれ出た
ぐんなり　ぬけおちた葉色

時　しずかにほぐれ　陽だまり
ネギの葉うらに　ほろほろ溶けていく
浅黄色から　浅葱色へ
そしていま　ふかい草色　藍色がちに
貴婦人　すっと立つ

生まれかわれたんだ　とうとう
種　たね　タネ　ねぎぼうず
両手にくるんで　味わってみた
あたらしい　命が　重たい

おばあちゃん　起きてぇ
ああ　わたしにも朝がきた
おそとは　雨糸　あたたかい

味噌を造る

おまめさん　煮汁にいのち投げだす
滋味　とろけるやさしい甘さ
この地では　豆汁　あめとも呼ばれる

ひもすがら　大鍋で味噌豆を　にる
雪もよいの大寒の　一日
この秋も　だいずが豊作だった

つぶした豆　米糀　塩　まぜあわせて

あのあめ　注ぎ　さらにこねる
背中が　しっとり　汗ばむほどに

手に　魂をこめるのが　みそ

祖母も　母もつかった　ふるびた味噌瓶に
わかい味噌をねかせ　そのうえ
びっしりしきつめる　魔よけの赤とうがらし

ひたすらに糀の神さま　かもされる
うすぐらい納戸に鎮めた　瓶のなか
あめ色の　いつものわが家の味になるよう

しずかに待つ　糀の手ざわり思い返しつつ

*

一本のにんじんですが

水をかけてもらったぐらいでは　芽をだせません
あの世の雨も　この世の雨も　ひとりじめ
おぼれるまで吸いこまなければ　そのにおい

ぽっつん　ぽつんまかれても　いのちの灯ともせない
なかまと押しあいへしあい　もみくちゃ
暗闇をぬけ　われ先に生まれでることだけ考えた

にんじんなんて気分屋さん　そう疎まれても

こうして　日がな
空と向きあっていられるのが　なにより　うれしい

おどろいたのなんの　容赦ない右手　左手
伸びざかりのみんなを　ぽんぽん　引っこぬいていく
宇宙だろうか　地上だろうか

くらくら　もう生死の境目　わからない
百本を守るのに　五百本のいのち束ねられ　ご臨終
たかがにんじん　されど　にんじん

ちょっと　あんまり
ああ　フォーレのレクイエム　流れない
遠くで　うっすら　ねむの花が咲いていています

ぶ厚く種をまき　芽だし　競わせる　雨も大事
ころあいをみて　思いっきり　まびく
こんどこそ　にんじん作りのツボをつかんだ

満面のしたり顔でしたよ　そのご婦人

ゆずの実

棘を　かくしつつ
晩秋の空へ　すずなりのゆずの木
とりわけ　朝がうつくしい

ゆず茶を仕込み　ゆずみそも　練れば
たちまちひろがる　いいかおり
もう手がとまらない　たわいない幸せに

それにしても　なんというかずの　種

うす黄色のかおりに　くるんで
生ごみいれへ　放りこんだとたん

十八年も　待って
やっと　実になれたのに
こんなに　あっけなく
ごみ箱の底でおわる　未練の　いのちの声
ちくりちくり　この肌を　刺しつづけた

今日　そして
こりずに　株のまわりへ　礼肥まく
　お願いします　来年もたくさんの実を

枝々の　おびただしい棘にも

へだてなく　めぐる栄養
承知しながらのことですよ　もちろん

コスモス

コスモスが　ひとつ　庭先で
　時期おくれの　芽をだした

分けいっていく
　やまざとの休耕田のコスモス畑
　おい茂る　まんかいの　花の杜へ

ゆるりと　まんなかに　しゃがみこむ
もう　みえない　きこえない

この世の　もろもろ

生まれてはじめてのこと
花びら　下から　仰ぎみたのは
すると　秋の空　すかさず透かす
剃刀で削がれたうすい花びらの　哀しみ
いまは　やめてください
私の胸のうち　そんなに覗きみるのは
季節にはぐれた　庭のコスモスよ
あなたの宇宙を　みせてほしい
冬がくるまえに　せめて　ひと目

西瓜　ごろんごろん

そらと地面に　まっすぐに
ひとつ　ことしは這わせないで
上に伸ばし　そだててみよう
ごろんごろん　ぶら下がるのも　また

棚にあずけた西瓜のつる　逃げる　横に
ぐいとひきよせる　添わせる　くくりつける
それでも　横へ　横へ
縦と横とのおわりない　いのちのぶつかり

真夏のおおぞらに　小玉西瓜
おみごと　ひぃ　ふぅ　みぃ　よぅ

棚にからまった　つるのひげ
かれ尽きて　なお　しがみつく
縦に生きよと　強いられた　かぼそい不安
ついぞ　ほどかないまま

いっぽんのスイカ苗ぐらい　なんとでも
どんな身の上にも　なじみなさい
にがく飲みこむしかない　たわごと
身勝手な　おもいあがり

海沿いにひろがる　西瓜ばたけ
こころ　ごろんごろん　ひろびろ
はてしなく　水平
出会った　久しぶりに

根っこ

これからは　わたし　ドクダミになる

　十字をきりながら　空へとひらく
　純白の花　でも
においが　とてもたまらない
　色濃い　葉っぱでもない
くねくねと伸びる　土のなかの根っこ　に

背戸で　はびこるドクダミ

この夏も　あれほど始末におわれたのに
コスモスの花　ゆれるころ
ふたたび地面をおおった

なにくわぬ顔　して

スギナやカタバミとおなじぐらい
いやいや
ドクダミ　もっと手ごわい

茎が　刈られると
根っこにやすんでいた芽　めざめ
いきおい　萌芽するという
ほろぶのを強くこばむ　いのちへの執着

いためつけられて　うなだれるしかない
この身の根っこの　芽よ
あきらめずに　目を覚ましておくれ

馬鈴薯の

ねえさん　花を摘んでしまいなさいの
そうせんと　おおきゅうならんざ　芋
通りがかりのおばあさん　おっしゃる

こぶしの花のした　土にうずめた種芋
そろって咲きほこった
せつなくなるほどに淡く　ゆれ
千にひとつのむだないナス科の花々

とまと　なす　おなじ仲間だというのに
実をつけない馬鈴薯の　それ

問われた　なんのために　咲くの

ぽつぽつ　新芋が生まれる　土のなか
あらく　わかい呼吸に追われるようにして
親芋が　まっ暗やみへ　朽ちてゆく

育ちはじめた新芋の　いきおい
いのちを仕舞う　親芋のしずかな祈り
うすむらさきの花　その両方のうえで咲く

うえが摂ってしもうたら

したに栄養いかんざ　と　更に　おばあさん
だからといって　私
花のおもい　摘みとったりしない

なめくじを生きる

いるいる　球をむすびはじめた白菜の
はっぱのひだに
あおむし　なめくじ　だんごむし

たっぷりの若菜にありつき
あおむしはさなぎに　やがて羽化し
もんしろちょう　空へ　とびたっていった

さっと丸まり身をまもる身軽さ　だんごむし

すがた容姿《かたち》は　かえられない
とびたつことも　叶わない
なめくじ　そのままに生きる

人目につかないのが大切　生きのびるには
うごきまわるのは夜中　昼間は　ひそむ
だが　ぬめっと這った跡をけすのが　むずかしい

くいちぎられ　きのう　植えたサラダ菜
ぬるぬるの大集団が　まずは　頭にうかぶ
ばらのつぼみも　あわれな

きらわれることすなおに　受けいれる

二本の触覚　フルに使いこなす
なめくじを　したたかに　生きる
今の世　私が　学ぶべきかもしれない

*

やまぶきの花

がけ一面　自分の村ではみたこともない　花
山の　小学いちねんせい
体じゅうに　やまぶきの花　花　吸いこんだ

足羽山《あすわやま》の茶屋の店先で
売り物のかざぐるま　クルクル
はじめての　遠足

一重と八重があるの　しらなかった

どっちが好き
あのとき　たずねられたら
八重のほうがきれい　って　すなおに

祖母と　母の一生は
一重だったろうか　八重だったろうか
春がくるたび　この花のかげ
ふたりの人生が　ひっそり　ゆらぐ

わたし　このまま　一重で　いい
かくれる術ない　一重
わたしを　すこしだけ強い女にした
黄色いつぶの　花

ほら
首をかたむけ仰いだ　あのときのまま
たかい空に　やまぶきの花

勿忘草

ひっそりと咲く　ひと群れとの出逢い
姑《はは》の　かたみの花ばたけ
かなしい恋物語にちなむ名の
わすれなぐさ　という響きにも

はるの空色する小花に　似つかず
くっつくと　なかなかとれない　種

子どものころ

野原でともちゃんと　はがしっこした
ひっつき虫より　もっとしつこい

　はじけ　舞い　こぼれ　くっつき
種はめざす　母なる　土を

いだくように　さするように
ふっと　近寄る微風《かぜ》がある
いまでも　たぶん
わすれないでいてくれるのだろう
風になった　姑

ぎゅっと　くっつきます
どうぞ　いざなってください

手をとって　姑よ
そちらの土へ

いちじくの枝

母の向こう岸と結ぼうというのか
おこたりなく
毎年　枝が　のびすぎる

しぐれ小止みの　晴れ間を
女の手にも　のこぎり
おもいの外の　ソフトな切れ味

ほぅっと　まるい実が熟れる　新しい枝

うーんと　たわめて　そっと　もぐ
ゆったり大きく　空《くう》なぞりながら
枝の　しなる　しなる　どこまでも

母の墓標がわりと　いちじく苗を
畑のすみっこへ植えて　もう久しいが
土の中から吸いあげた　そのこころざし
けして折れない芯の　たおやか

ぶれず　ちぢこまらず
しなやかに
いましばらく　この身も　と　腹をすえる

大根の種まき

花や　野菜や　さまざまな種
土にあずける手仕事
たぶん　性にあったのだろう
こちらのリズムに乗って
芽が　わきでることも

ほら　ほそく　風が立ちはじめた
秋迎えの　儀式
つつしんで　大根の種をまこう

野菜種にしては　大粒のほう
なのに　やわらかな芽
三日と待たず　もたげる土を　早や
ああ　まだ生きていて　いい
この身をも　ぐっともたげてくれる

私は好きだ　大根の種をまくの

ときには　思いっきり
そちらの土にも
大粒のそれ　ぱあっと　まきたい

目の前を　とおりすぎていった

あの顔　この顔
萌えいでてくるかも　しれない
そろそろ　彼岸花も咲くころ

なんてん

さくら花が　春へのいざないなら
なんてんのそれ
夏への　覚悟なのか

しろい　小さい花弁　黄いろのしべ
あの花のように
あでやかには舞えない
ただまっすぐに　木の根元に

裏鬼門で　ひっそり散り敷く花むしろの下へ
身の上ばなしのいくつか　埋めたりもした

けれど　難よけの　お願いをしながら
夏が逝き　秋もおわりになって
あゝ　と目がいく
空へ　実が赤みをおびて　ようやく

四十年もまえの　母のさいごの朝
どの鳥にも　わけへだてなく
赤い実　ふるまっていた

ななつぶ減り　とつぶ　減り
あざやかな冬が　いま消えていく

ついばまれ　失せる　おのれのすがた
まざまざと晒し
むすめへのわかれを　母は　告げた

さくら並木

水の流れが　ふと止んで
河岸の水門が
おもたげに上がったら
あちら岸が　目の前でした

祖母が　佇んで
かたわらに
父も　三年前に逝った叔父も　いて
里の庭に　ゆきのしたの白い花

ことしも咲いて

足羽河原の茶屋で　くるま座になって
生姜入りの甘酒をいただきながら
ついさっきまで　父方の末の叔父と
わたし達　なごんでいたのです

あちら岸にも　こちら岸にも
おなじ朝陽がさして
あっ　という間のこと
ふたつの岸が
ひとつに　ひびき合ったのは

足羽河原の　さくら並木の

いつもの散歩のように
ひょいと
叔父は　わたっていきました
祖母の手織りのつむぎ姿でした

水門は　もう下りて
いま咲いたそこから　散ってゆく
その上に　さくら花びら　五つ六つ

わたし達も　まもなくですね

ニラの橋

畑の水はけに　側溝を切った　のに
つれあいの不自由な体が　こえられない
それで　土の橋をかけ　土留めにニラもうえ

そろり歩む彼　そして菜園のひとになる
ふたりして　こうして土にふれあう安らぎ
このままつづく　と　うたがわず

秋の陽は　ニラの花の群れを　あふれて注ぎ

花の橋　わたりおえた　うしろすがた
あっ　手をふりながら　消えた

遠い空と　遠い海の　まぎれるあたり
魂の行き来する　橋が　かけられている
ほら　彼　こっちへ戻ってくる

いつの日か　さけられない別れがきても
橋がある　いまのように
だれでも　いつでも　とおれる橋が

そう伝えたいのか　私へ　あなたは
しろい花の群れ　低くゆれるなか
今日の空の　なんと　広々と

あとがき

手持ちの空き地が草ぼうぼうにならないようにと、手探りで始めた菜園づくりも、三十年になりました。ほんの趣味ほどのものですが、「不思議な土のおこない」に、今も変わらず心動かされます。

「産経新聞」の「朝の詩」への投稿で詩に目覚め、選者の新川和江先生から「ひとつのことを、愚直に書き続けることが大切。」と、教わりました。以来、「野のもの、土のもの」が、自然と私の詩のテーマになりました。

あたりまえながら、土はいつも土の中。底にある土を、そっくりひっくり返して、日頃のお礼がわりに、たっぷりひなたぼっこさせてあげたい、などと願ったりしています。

十年ぶり、二冊目の詩集です。

所属する「木立ち」主宰の川上明日夫さまには、変わらぬご指導をいただいて参りました。あつくお礼を申し上げます。

この詩集出版に際しまして、思潮社編集部の藤井一乃さまに、丁寧なご指導をいただき、色々お世話をおかけしました。又、デザイナーの和泉紗理さまが、素晴らしい表紙の装幀で華を添えて下さいました。お二方にも、心からのお礼を申し上げます。

二〇二〇年夏

森 文子

森　文子（もり・ふみこ）

一九四七年福井県鯖江市生まれ

詩集
『ぼてさんのカニ』二〇〇九年、花神社
詩誌「木立ち」同人
日本現代詩人会・福井ふるさと詩人クラブ会員
住所　〒九一〇-〇〇一七　福井市文京一-九-十二

野《の》あざみの栞《しおり》

著者
森《もり》 文子《ふみこ》

発行者
小田久郎

発行所
株式会社 思潮社
〒一六二-〇八四二　東京都新宿区市谷砂土原町三-十五
電話 〇三（三二六七）八一五三（営業）・八一四一（編集）
ＦＡＸ 〇三（三二六七）八一四二

印刷所・製本所
三報社印刷株式会社

発行日
二〇二〇年八月一日